象を飼う家

大崎安代歌集

Yasuyo Osaki

短歌研究社

目次

象を飼う家

装画
チャールズ・デムス
「Trees and Barns Bermuda」
(1917)

象を飼う家

格安

風邪気味で風呂に入れぬ幼子を抱き上げる時猫の匂いする

眠そうに目をこする様も猫に似てお前はもしやあの時の猫

夢とろり今もとろけてぼんやりと冬の蚊を追う風邪の週末

這うことをやめてしまった赤い靴過去を忘れて
手を振り歩く

本棚の本を残らず放り出し拍手している小さな
悪魔

母と子の信頼関係面白くない夫は通うゴルフス
クール

格安の都内新築みなみ向き求むと書きぬ絵馬の
うらがわ

独身のつもりで目覚めた明け方に高橋君と子供寝て居り

初めての誕生日過ぎて自我目覚め利かなくなった我のリモコン

蜃気楼を見ていたような昼下りどっちでもいいことを悩みぬ

まんまるの月まだ残る暗い街夫を見送るボーナスの朝

わが子には手も上げぬくせによその子を叩き驚く吾の良心

のほほんと過ごした時が間延びして今は火曜と水曜の間

背後より子の首に手をかけてみる温かき肉の怖い感触

足枷と思う日もあり会えぬならきっと苦しい存在の重み

常夏の国サイパン

鼻歌で私がおばさんになってもと歌って私もサイパンへ発つ

金ラメの鮮やか水着も平凡になじんで青い風景つづく

大小の寝息をたてて夫と子は熟睡している異国の土地で

暑すぎる気候のせいかのろのろと庭掃除するチャモロの青年

前髪を風に飛ばされ見たこともない顔の子が海に向かい立つ

戦争の跡ガイドする老人の怒ったような奇妙な敬語

フラッシュが瞬くようにキラキラと光る水面無言で見入る

手をつなぐことを拒みて尻を振り歩むわが子に
怖いものなし

とこなつの国より冬へもどり来て薄着からかう
風の冷たし

あたり前に家に帰れば何事もなかったようで子
の顔黒く

ぷるん

目を閉じて昨日のつづき考える現実逃避の架空
映像
ふんどしにおっぱいぷるん青い目の観客驚く日
本の国技
大相撲ダイジェストの声忙しく次々倒れる大き
な裸体

外人の横綱なんてと言う父の希望むなしく綱奪われる

寝てる子を置いて出掛ける遠ざかる程に高鳴る心臓の音

冷蔵庫を開けるよろこび子は覚え泥付きの葱箪笥に隠す

うしろ斜め四十五度の角度より眺める頬が何とも言えず

熟睡の子は温かく湯タンポの代りに抱いて吾も
眠らん

シャンプーのCM真似て髪なでる一歳にして女
のポーズ

子育てを朝から晩までする吾を偉いと誰も誉め
ないけれど

房総の花をどうぞと駅前で渡されちょっと墓参
りの気分

少しずつ生活態度を変えようと顔を洗って玄関
を掃く

十二時を回った針が元気よく静かな夜に主張し
ている

便乗婚

皇室に嫁ぐ才女と同じ年のわが妹も便乗婚する
らし

喋れないうちが可愛い訳を知るスクールバスの
園児の会話

雨の日の憂うつは低い天井の上より響く子供の
ドドド

ビクビクの社宅暮しに慣れ浸り今や我が家も中
堅どころ

何階の誰がどうした尾ヒレ付くうわさ話は伝言
ゲーム

クマさんの石鹸は使う毎に溶け泣いている様な
形相となり

還七の騒音さえぎるガラス戸に雨音もなくひか
る水滴

手をつなぎ買物に行く吾と子の姿に昨日のげん
こつ見えず

選挙歴そう永くないわれよりも年下の人に赤い
花付く

あさっての同窓会に着る服を選ぶ子持ちに見えないように
口元が自然に緩むブティックの立ち並ぶこの町が大好き
ひらひらの服は無理ねと言いながらその場を去らず五分十分
二人目の予定聞かれて戸惑いぬこの前うんだばっかりなのに

一泊千円

コスモスは花ではないと言う夫とコスモス揺れる避暑地へ向かう

おおーという歓声あげて走り過ぐオレンジ色のトンネルの中

軽井沢に別荘を建てる夢を持ち眠る保養所一泊千円

五メーター先も見えない霧の中髪を濡らして自
転車を漕ぐ

寒すぎる避暑地で長袖セーターを着込む平成五
年八月十日

シャンプーをしてる間に子が集め来し大浴場の
石けん十個

吾と子と並んで坐るレストラン隣りが淋しい夫
のひとりごと

おかっぱの色白少女がほんのりと日焼けして似
合う麦藁帽子

確実に成長している幼子の一瞬とらえた写真の
笑顔

ねむれない夜に間近の将来を不安に思う貧しい
思想

温厚なつもりのわれが夢のなか気性激しくもの
振り回す

感嘆符を並べてはしゃぐ子と逆に鈍れる吾の感
動尺度

長袖にしようか外は雨模様ゆっくり過ぎる九月
の時間

職持たず三年が過ぎ職を持つ自信も失せてOL
眩し

色白に赤き唇あいらしく吾に似た濃ゆき眉申し
訳なく

チー出たと便器に跨る子が叫ぶ思えば長いおむつの生活

髪型

何かこう違うと思う自らを直せないまま個性となりぬ

髪型のバッチリ決まった土曜日は踊りに行きたいネオンの街に

どうでもいい連休明けのお天気を真面目に伝える六時の彼女

アメリカのドラマ見ながら考える我が髪黒く彫浅きわけ

金髪のハーフの子供を産みたしと友に話せど相手にされず

吾と同じ名前を持った人見つけ話しかけたいどんな人生

初めての料理に挑戦するように口紅変えて秋の
装い
今の恋人

夕食を済ませてふいにチョコレート欲しくて走
る夜のコンビニ

地べた持つ人の新築の家広く寒々としてわが家
暖か

酷使したビデオは只今故障中とまってしまった
私の時間

外国のスターにかぶれて二十年今の恋人ジョ
ン・ステイモス

朝起きて月火水木金曜と銀座へかよう夫うらや
まし

三つ編みが出来る程子は髪が伸び笑う時にはう
ふなど言いぬ

酒・煙草・コーヒー飲まぬ吾なれど癌保険なるものに入りぬ

顔しかめ「美味しい」と言う幼子は反対の意の言葉を知らず

妹の結婚

祭壇の芝庭に立つ花嫁の細身のドレス白くかがやく

女の子を産んだ喜び噛みしめて子の髪を巻きドレスを着せる

五ミリ程の小さき爪を赤く塗り子は自らを主役と思う

花嫁のおさない頃にそっくりのわが子が坐る父の膝の上

二人目の娘を嫁に出す父の余裕のうらに何なに隠す

引出物のグラスにビール注ぎながら寂しいような安堵に浸る

あたしって天才だわと思う夜に朝日差し込み凡人となる

力作

背に生えた天使の翼抜け落ちておしゃべり上手な少女となりぬ

子が眠る静かな時をもてあまし広辞苑などパラ
パラめくる

おでんの具は何が好きかと話してる今年初めて
雪降る晩に

力作のつもりで書いた歌なれど活字になればな
んてことなく

新しい本の匂いをかぎながら学生時代に思いを
馳せる

「久し振り元気だったぁ」と声を掛け雛人形の
箱を開きぬ

一年の十月を暗い箱に住む人形たちの会話聞き
たし

あらよっと繁る植込み飛び越えて着地のポーズ
に風の声援

可愛さと反比例して伸びる子の髪黒々と反抗期
なり

思うままもう操れぬ歯痒さを次へ託して皆二人
目を産む

カントリーボーイの君に解るまいこの東京の何
と楽しき

若さゆえ美しい時を通り過ぎ歯の矯正を決意し
た朝

別世界の活躍は只脱帽で足踏み入れれば鼻につく
らし

浮浪者

伸びのよい絵具を筆に走らせて夢いっぱいの笑
顔を描きぬ

色を乗せ三歩下がって頷いて只今夢中のトール
ペイント

雲の上へ乗れると信じたあの頃へ戻って描く虹
の架け橋

子を寝かせ絵を描く静けさ遠くより夫婦喧嘩の声運び来る

その昔大人にならぬと拒絶して今は片手でタクシー止める

子等遊ぶ公園にひとり悪臭を放つ浮浪者愛想なく立つ

公園の五時のチャイムに促されそれぞれの巣へ子等帰り行く

五時過ぎて暗がり潜む公園に吾と子だけのブランコ揺れる

UFOや霊に無縁な吾なれどピピッとわかる夫と子の嘘

春の陽の誘いを拒み部屋の中ままごとをして籠る一日

原始人のおもちゃが叩くトントントンを催眠術に子と眠りおり

生をうけ二年足らずで競い合う吾子も然りか幼稚園受験

寝静まる夜にひとりでトコロテン食べる幸せ夏近づきぬ

「一一〇番するぞ」と文字の荒々し路上駐車の小さな貼紙

空色のTシャツを着て街を行く五月の清涼夏への助走

来年の四月に君は幼稚園ゆっくり映画が見れる
日近づく

妹の寿を知りみずからのつわりと重ねて眠れな
い夜

紀ノ國屋のパンとミルクで幸福な朝食済ませ今
日はじまりぬ

衣替え着られぬ服も大切に今年生まれてくる姪
のため

女性議長

男の子多い社宅にモテモテのわが子二歳で始まる青春

本人の希望無視して幼稚園七つ廻れどまだ決められず

この広い世界の中で日本人を選んだ後悔ハーフは産めず

この人の子を産みたしとテレビ見て虚構の世界の彼を思いぬ

平成の首相コロコロ入れ替わり女性議長の声のりりしく

鳴門海峡

左巻きの我が子の旋毛とおんなじの渦潮ぐるぐる鳴門海峡

船は行く大鳴門橋くぐり抜け紺、壮快な地獄絵のなか

渦潮の激しき潮流のエネルギー吾に与えよ飛沫となりて

泡を吐き音立て湧き立つ渦潮の中心めがけて顔を突き出す

宿舎より遊園地見えて落ちつかぬ子を呼ぶ如くキリン首出す

平日の人気まばらな遊園地ひとりの為に廻る観覧車

東京と徳島の距離知らぬ子はまた来ようねと気楽に笑う

九十九里浜

日を除けるはずのテントで雨防ぎ蛤を焼く九十九里浜

天井にグレーの雲が広がりて涼し気に飛ぶ水鳥
の群

浜風に醤油の匂い香ばしく喉ごしツルリン蛤美
味し

砂遊びキリがない程砂のあり掘っても掘っても
子は忙しく

ハーブ園の想い出に買う素の鉢のミントの香る
オアシス一つ

灰いろのくもの隙間の青いそら目指していそげ
大風迫る

幼子が大切そうに手に載せる肩より落ちた日焼
けの薄皮

蹴るか妥協か

バブル去り今買い時と背を押され届くか否か手
を伸ばしみる

玄関の扉開ければ未来あり我が家となるかも知
れぬ空間

一階の庭付きの部屋気に入りて花を育てる夢を
描きぬ

環境か価格か間取りか諦める勇気がなくて解け
ぬ難問

目が肥える程に切ない胸のうち恋するようなマ
イホーム探し

矯正で歯並び変わり顔かわりどんどん消えるコンプレックス

矯正の金属ひかる口元はアンドロイドのような微笑み

三十歳過ぎて今さらと友が言うわが人生はこれからと思う

キャンセルがふいに舞い込みラッキーと思うか蹴るか猶予一日

満点の物件なくて妥協してキッチンだけがひっかかってる

縁ありと飛びつくべきかこの先に宝眠るか決断の時

契約書に印鑑捺して手に入れた社宅脱出の片道切符

一生にそう何度ない買物にわれわれ案ずれど夫晴れ晴れと

一年後の竣工目指し明日から始まってゆく荷作りの日々

バルコニーの前に広がる公園を眺めるその日を夢見て待ちぬ

間取図を穴あく程に眺めては配置ゲームをひとり楽しむ

今はまだ基礎工事するその場所に思い残して揺れる草花

銀行員の妻のよろこび実感しそれでも悩む資金
計画

緊張

幼稚園のたかが面接と思っても歌でも歌わにゃ
解けぬ緊張

殺気立つ泣けばアウトと聞かされて母親たちの
受験戦争

頑張って！何頑張るんだか判らないわが子が入るあの部屋の中

母親にしがみつき泣く子が二割あと何割がどう落とさるる

息を呑み時計見ながら案じても壁で見えない審査の行方

鈍いのか大物なのか平然と子は三十分の面接終える

園庭にならぶ遊具もほがらかに制服姿の子を春に待つ

見上げれば昼間の月がうっすらと吾を見守る何とかなるさ

三つだけ望み叶えたアラジンを見終えて吾の願い探しぬ

純真にサンタはいると教えよう「そうね」小学二年生まで

お掃除は魔法でラララ年末は家へおいでよメリー・ポピンズ

期待

五階まで工事進みぬマンションのわが七階はまだ青い空

むき出しの太き鉄骨頼もしく眺めていたい出来上がるまで

来年の今頃はここに住んでいるひと足早く深呼吸する

少しずつ近付いている完成の過程楽しむ写真を撮りて

また来るね未来の我が家へ手を振りて下見パーティお開きとなる

頑張ろう花咲くチャンス待っている平成ラッキーセブンの今年

クッキーを一緒に作ろう吾と子と少し嘘っぽい
親子となりぬ

風邪流行る子が熱を出し吾寝込み三日目の朝夫
が咳き込む

披露宴のスピーチ頼まれ誉めちぎり称えどおし
の原稿を書く

宿酔いの無口な朝にわが夫はおならで返事をす
ることのあり

スタートの春近づきて吾よりも先を歩める小さな背中

クレヨンのひとつひとつに名前書く期待と不安の単純作業

手作りの袋つくれと指令きてミシンかたかた入園準備

子の名前洒落たつもりが平凡に名簿の中にいくつも並ぶ

同じ様な文字の並びて名前にも流行のあり世代
を感ず
入園の手引きを読みて忘れいし懐かしい記憶キ
ラキラと舞う

無駄と心配

チャンネルを変えても変えても現れる宗教語る
白衣の怪物

抗議して叫ぶ薄着の修行僧よく見りゃ球児の選
手宣誓

まっすぐに歩けぬ程に寒い街励まし合って道路
を渡る

手を洗い濡れた袖口怨めしく地団駄踏んでる寒
空の下

晴天の昨日を恨む暗いそら子が泣くように雨が
降り出す

あてもなく歩くにはまだ早過ぎてもう少し待つ
桜咲くまで

すんなりと迎えのバスに乗りし子は泣く子尻目
に我に手を振る

心配で何も手つかず雨の日のフリータイムを無
駄に費やす

お弁当に苺入れてとエプロンを引張る少女大き
くなりぬ

今日もまた行こうと言う子に首を振り大あくび
する日曜の朝

ストレスの元も追い出せば淋しくて三年ぶりの
ひとりのランチ

りす組の教室の中に並んでるほんとに小さい園
児らの椅子

円　高

円高の快走に吾も奮起して個人輸入のガイドをめくる

ウキウキと辞書を片手に品定め夫の投資で輸入ごっこする

お弁当おいしかったと笑う子のカバンにひとの弁当箱あり

ももちゃんがお休みだったと肩落とす小さな世界広がってゆく

バスに乗り手を振る顔が不安げに小さく見ゆる
五月の病

ゴールデンウィーク明けて幼稚園やめると泣け
ば吾も泣きたし

先生が後輩なので偶然に盛り上がってゆく個人
面談

あれこれと菌を持ち寄る幼稚園で皆勤賞は難し
いらし

病みて目のトロンとしている幼子は普段の十倍
弱くいとおし

四月から突如行かされる幼稚園この革命を子は
何と思う

風邪の為お休みしますと電話して二人で寝よう
昔のように

三十人寄らば煙たいひとも居り同士とならば結
束固く

高校を出たばかりから白髪までバラエティー富む父親参観

蒟蒻飴

うぐいすが鳴くを蛙の口笛と言う子と歩く佐渡の山みち

ぐんぐんとジェットフォイル加速してわが本州は遠ざかりゆく

てっぺんまで花が咲いたら梅雨明けと告げる葵
の花は濡れおり

鬼退治の島と信じた佐渡島犬見かけれど太郎い
ずこへ

靴の底洗ってみようか金山のわらじの夢をわれ
引き継ぎぬ

採掘の鉱夫は闇に働きてわれは指輪をひかりに
かざす

一面に霧のはびこり払っても振り払っても白い幽景

町遠く視界は白く外は雨はるばる訪ねて宿で昼寝す

雨に濡れ悲恋匂わすたらい舟天気良ければ袈裟着て乗らん

すぐそこに来ている夏の悪ふざけ水鉄砲でわれを狙いぬ

移り気な都会のそれと比にならぬ寺の紫陽花の
容姿美し

遠くから門を眺める真野御陵生まれ卑しき者寄
せつけず

若くして逝った貴族を敬いて血筋違えど両手を
合わす

新潟でセーラームーンの玩具買う土産の道理も
子には解らず

その昔死人の捨て場と嫌われし寺の樹木に光る
赤き実

歴史よりトンボ追いかけ妙宣寺見える現実の中
で子は生く

勉強会さぼって暫しカラオケを歌って今日は気
分爽快

「柿しぐれ」蒟蒻飴と子が称す銘菓土産に旅よ
り帰る

遊べない夏

怪獣のうんち発見子がさけぶゆび差す先の古き味噌樽

無防備に立つ子のそばに音もなくみずぼうそうの菌忍びよる

のら猫の臭いを放ち一週間風呂に入らぬ子が床を這う

自暴自棄になって啼き死にする蟬の精一杯の夏が終りぬ

夏休み病気に捧げて物分り良すぎる吾子の白い二の腕

制約の無いひと月を過ごし来て始まる保育を告げる苦しみ

皿のないコーヒーカップは未亡人シリーズと呼ばれ棚に並びぬ

鼻と喉と耳の三箇所つながるを確認している風邪をひくたび

玉葱を炒めるフライパンの上鼻水つつーっと落ちて困惑

明日は雨洗濯はどうぞ今日中にやさしい笑顔が吾に命ずる

観客の前で転んだ切なさか膝の痛みか遠く子は泣く

絵がヘタで運動会で転ぶ子の遺伝子に吾の影響
は少なし

白線で区切られている各陣地スコップ片手に芋
掘り大会

泥払い子が背を撫でるさつまいも尾っぽの長い
鼠抱くごと

命果てる夢から覚めし朝の部屋あいた窓より風
が吹き込む

風邪をひく吾を残して夫と子と声高らかに出掛けて行きぬ

運動会遠足芋掘りかけ足で行事の詰まる十月が過ぐ

構想と準備

構想五年準備一年待望の「社宅脱出」の幕が上がりぬ

取っておく価値は無くとも捨て難き物の身の振
り迫られし時

事務的に元気でと言う美容師になごり惜しいは
吾ばかりなり

家を持つ為の苦労かストレスか涼しげになる夫
の毛髪

四十なら諦めもつく三十でそれはないよと抜け
毛を拾う

さむくって風呂に入れば眠くってかけ足で過ぐ
冬の一日

日に二本点滴を打つ子は何も食べないままに夜
歯を磨く

子が汚す替えのパジャマを買う為に走る十二秒
フラットの足

口を開け肩で息する幼子のねむるベッドが大き
く白き

バリウムが飲めないと泣く子の声の吾に届けど
代役ならず

最後にはゴミ箱行きの折紙を懸命に折る今のわ
れと子

入院をする程つらい悩みでも実行された我が家
の引越

大森のおうちがいいと大粒の涙こぼしたブルー
クリスマス

春服

天井を見つめブツブツ呟ける誰に似たのかナイーブな子は

笑わないわが子の為に楽し気なクマの壁紙ぐるりと貼りぬ

二階から昇格をして七階のわが家に風のこえの大きく

大田区のひかえめ少女が北区にてテンション高く走り続ける

銀行も危うき時世に家を買い先行き不安は拭えど消えず

寒風を逃げて駆け込むデパートの春服の色目にも明るき

雪遊びしたいと願う子のために荷物まとめて北へ向かいぬ

トンネルを抜けたらほんとに雪国で車止めてと
子の声叫ぶ

六年の空白やぶりこの冬は白い雪舞うゲレンデ
に立つ

後から子を抱きかかえＧＯＧＯと猛スピードの
快感の中

いっちょまえにサングラスする幼子の両頬徐々
に赤く色付く

四歳でスキー始める環境がうらやましくてわが子を見つめ

雪国にわかれを告げて東京へもどればあらら一面の雪

屋上

詩織ちゃんと同じクラスになりたいと季節外れの短冊書きぬ

一年と半年堪えた矯正の金具はずして春はじまりぬ

矯正がすんで整う歯を見せるほらねと笑う手で口隠さず

屋上で象飼う家のうらやまし猫一匹も飼えぬマンション

大粒の涙流して子が見てる私も泣いたみなしごハッチ

何時間寝ても眠たい春の日に目覚し時計をもひとつ買いぬ

ラランと自作の歌をうたう子の歌詞よく聞けば吾の悪口

桃組が良かったけれど赤組になったと話す見知らぬ人に

お祝いの御馳走はやはり納豆と答える吾子に拍子抜けする

懸賞のハワイ旅行を当てようとハガキを買いに
晴れた道行く

つもりつもって

突然に雨のあがりて日の射せば心うきうきダン
スを踊る

本当に乗れそうな雲流れゆく日のひかり受け輝
きながら

暑いとか寒いとかいう言訳の通用しない季節と
なりぬ

ヨーカ堂の看板の鳥はばたいて飛んで行きそな
青い空なり

天気予報のお姉さんになりたいの子の夢育つ眺
めよき部屋

ベランダに人工芝を敷きつめてベンチを置こう
ボーナス出たら

夫と子に映画のチケット二人分渡して吾のリフ
レッシュ休暇

草原の花摘む少女のイメージで今日一日をゆる
りと過ごす

なつかしい教科書開けば落書の文字の幼く帰る
あの日に

十年目の結婚記念日近づきてロレックスのカタ
ログを見る

笛を吹くケトルの怒りを止めるため下僕の如く
走ってゆきぬ

子の頬の丸々としておたふく？と聞かれること
の年に一、二度

返答に困る質問するようになった吾が子の伸び
た手と足

蠍座と蟹座まちがえ占いを信じて過ごす何事も
なく

ずば抜けて力不足の吾なれど負ければ悔し綱引
き大会

夫のため珈琲沸かすその匂い好きになれずに窓
開け放つ

さや無しの刀を持って歩くほど危険無謀なわれ
の運転

一人っ子の子がななちゃんと呼んでいる架空の
少女吾には見えず

キッチンをピッカピッカに磨きあげ勿体ないと
出前を取りぬ

日記書く代りに歌を書き始めつもりつもって十
年となる

駐車場

雨の日も結構いいね洒落たことと言っておさげが
傘さしてゆく

梅雨空の下で抽選しているはクリスマス会の劇の配役

マンションの屋上に黒く騒がしくからす集いて皆北を向く

高級車びっしり並ぶ駐車場私も乗りたい左ハンドル

蒸し暑く頭も体もダルイ日は二時間置きに歯を磨きおり

バザー用にはぎれで作る人形の売るのが惜しい
巧く出来れば

暗闇を走る車窓にマンションの明りが飛べり都
会の蛍

初めてのお泊り保育ドキドキと鳴るは子でなく
吾の心臓

炎天下通園の道だらだらと歩くを叱ればバタリ
と倒れし

ゆらゆらと湯気のあがりて発熱の子の額より立
つ蜃気楼

汗ばんで額にはりつく前髪をぬぐえば吾によく
似た眉毛

玩具など買ってもらえぬ幼少期過ごして吾子に
ひたすら甘く

喪服

吾を呼ぶ電話のベルに脅える日過ごして間違い
電話優しき

平泉キャンセルをして福島へ向かう車内で無口
な二人

読心術使うごとくに眼光の鋭き義父が子の手を
握る

わが知らぬものに近づく義父の顔彫り深くなりキリストのごと

寝ていると信じた吾子が死の意味を初めて知りし三日目の朝

白い骨かき集めいる火葬場のひとの両手に指輪が光る

着慣れない喪服の帯が肋骨を締め上げている御辞儀するたび

年女

納豆が好きと歌を書く翌月に納豆とどく岩手県から

血液型星座も同じ吾と子の似なくてもいい似ている気質

さわやかに朝を迎えて穏やかに過ごせる日々の意外に少なし

灰色に次第に染まる人の肩叩けば吾も巻き込まれゆく

妹は嫁いでもなおそばにいて遠く離れる弟という者

転ぶ子のとなりでビリを免れた里奈が笑顔でゴールへ向かう

運動会終わると急にやって来る吐く息白き寒風小僧

肌寒く無意識に腕ぐみをして怒っているのと子
に聞かれおり

保護色の枯葉の色のカマキリがつまらなそうに
舗道歩きぬ

三度目の年女なんか近づきてひときわ淋しい年
の暮れなり

ブラジャーに憧れている四歳の少女の胸はまだ
ふくらまず

後悔と反省

北風と共に追い越して園バスの子らが手を振り
通り過ぎゆく

里奈ちゃんのママは美人と誉められて幼稚園に
は素顔で行けず

電車待つ駅のベンチは冷たくて人肌にぬるき車
内の吊り革

来客の帰りし後のキッチンにみごとに並ぶビー
ルの空缶

通勤の混雑かき分け吾と子とディズニーランド
へゆく月曜日

池袋の東口には西武あり西には東武がありて迷
いぬ

年賀状来ない今年はすごろくの一回休みの寂し
さである

「喪中につき」ハガキ送れば電話来て昔懐かし
温かき声

塀のうえ日向ぼっこの猫の背の丸み穏やかしっ
ぽが揺れる

子をのせて自転車に乗る日常を受け入れられな
い吾のプライド

いい人でありたい吾の肩の上ときどき悪魔来て
笑うなり

後悔と同じ数だけ反省を唱えてみても晴れぬもやもや

睡眠の足りない頭に虫の住みキリキリ鳴いて吾を悩ます

嘘つきながら

幼稚園の友と子抜きの忘年会しばらくぶりにネオンに浸る

お互いに誰ちゃんのママと呼び合いて名前持た
ない母親同士

丸見えの嘘つきながら十歳の年さかのぼり暫し
弾みぬ

一滴の酒も飲まずに騒ぎいて空気に酔いて顔の
赤らむ

子や夫を忘れた夜のシンデレラ二時半過ぎて家
路を急ぐ

銀行でもらった赤い貯金箱「めざせハワイ」と
太字で書きぬ

あたたかく夏は涼しき銀行の自動ドアはわれに
もひらく

家にまで仕事持ち込む日曜のパパを無言で子は
眺めおり

珈琲はいらぬとわれを遠ざけて書斎に籠り書き
し始末書

おしめ取れたった三年でプロポーズされし娘を
しげしげ眺む

思わざる人から思い寄せられて子が吾にする人
生相談

間に合わず追われて焦る夢を見る怯える先の正
体知らず

赤羽霊園

赤羽霊園あり。み寺にあらず塋域にあらず。普通の居酒屋である。

赤羽の幽霊酒場で盛り上がり二軒目に行く自転車押して

夏にまた飲もうと軽く約束し去りゆくママチャリ二台見送る

手付かずの引越荷物無言にて待ってた賞味期限切れても

子供より母親達が別れ惜しパッとやろうと街へ
繰り出す

年一度お泊り保育のその夜にネオンに繰り出す
母親軍団

連れられて初めて入りしオカマバー明るき店の
楽しき話術

女性より女の彼らまちをゆくひとの上ゆく美貌
と愛嬌

Ｌサイズのエルちゃんと共に豪快に笑って飲んで二時間の夜

「先に行く」伝言板の黒い文字怒りあらわに斜めに走る

良い人に囲まれていた温厚さ獣《けもの》混ざりて乱されてゆく

納得が行かぬ思いが火の玉となりて我が胃で大きくなりぬ

許せない気持ちのままに三日過ぎあと何日で季
節変わらん

ぼんやりと光の鈍き彗星に手を振る夜のベラン
ダ八時

次は二千四百年後に会いましょう吾の子孫を照
らす星々

布団からはみ出している白い足名前呼ぶたび小
さく揺れる

リバティのワンピース見て同柄のエプロンを買う身分相応

欲しい物優先順位つけながら旅行もしたいボーナス計画

幼さを化粧でかくす少女らに吾子をかさねて溜息の街

十年前好きな渋谷も様変わり居場所がなくて昼に戻りぬ

香港返還

銀行に勤める父を持つむすめ十円玉でおはじき遊び

さっきまで喋っていた子がわが肩に凭れて小さな寝息たてており

こんな服着ないと生意気言う程に成長しても寝顔幼し

溶連菌感染症ですさわやかに病名告げる白衣の
紳士

梅雨前のほんの短い五月晴れ毎年病気と共に過
ごしぬ

熱い茶とごまの堅焼煎餅があれば午後からまだ
頑張れる

太陽を浴びる鉢植葉の陰にしゃくとりしゃくと
り歩く虫おり

空色のワンピース着て晴天のベランダにひとり
裾ひるがえす

簡単な漢字忘れて辞書をひくドイツ語調べるよ
うな顔して

ステレオのコードに躓きこのバカと叱れば電源
入れても動かず

しちわでるをスチュワーデスと解るのは五年育
てた母の吾のみ

雨の音、時計の秒針ポッコッと息を合わせて梅
雨始まりぬ
台風の風がアミ戸をくぐり抜け何かわめいて机
上を乱す
来週は中国で会おういまそれが現実となる香港
返還

冷汗

たまごっち入荷未定の貼紙を半年眺める子の忍耐力

子が眠る夜の十時に少しずつ玩具《おもちゃ》処分す山姥《やまんば》のごと

忘れ物にはっと気づいて冷汗の出る夢を見る旅の前日

夏休みの夜の公園にさわぎいる若者のこえ窓に届きぬ

板橋と戸田の花火の競演をベランダで見る贅沢な夜

あるようでないような妻の夏休みエプロン付けて十年たちぬ

高野山

台風の近づく西へ旅立てば徐々に雨ふり木々のざわめく

山道をくねくね登り古寺の御簾を垂れたる部屋
に泊りぬ

金髪の神にまもられ過ごし来て仏教学ぶ高野の
山に

ベテランのガイドの説明解るはず無い子が陣取
る最前列に

柳の絵のふすまに囲まるその部屋は吾を迎えて
何事もなし

秀次の自決の部屋を眺め来て少し背筋の寒い夏の日

子をなくす親の無念の地蔵様大小並び前掛け悲し

聞き及ぶ名のある墓も無き墓も宇宙つくりて山にこもれり

床をふむおとの厳か持明院の望外美味しい精進料理

雲水の質素な衣に不似合いの若き個性が光る腕時計

消灯の曲が流れる午後九時の宿坊いまだ雨に包まる

お勤めを知らせる声に背を向けて二日続けて布団におりぬ

高野槙の巨大なバームクーヘンを見つめて思う歳月の重み

吾ひとり残れる部屋に雲水の持ち来る瓶の紫陽
花うつむく
まだ若き紫陽花一輪満開のすがた見ぬまま今日
に下山す

風に揺れ

まっすぐの地平線徐々に傾いて走り急ぎて空に
飛び立つ

十五年ぶりのハワイに学生の吾は子持ちの主婦
と変わりぬ

二十階のベランダ海へとそそり出て青い景色に
吸い込まれゆく

見たことのある空の青、見たことも無い海の青
寄り添っている

風に揺れ海を見ているベランダの大きい水着と
小ちゃな水着

英語版たまごっち遂にゲットしてリセット可能な子育てをする

ABCストアーで買ったお土産と夢と思い出重いトランク

指輪買うそぶりも見せず十年目の結婚記念日無言で過ぐる

弱々のサッカーなんかに入れ込んで積もるばかりの夫のストレス

お遊戯会とってもとっても大スキと涼子歌いて
里奈が踊りぬ

好きな絵を描く手休めて服を縫うたった一度の
舞台のために

子育てを放棄した猿のドラマ見てショックの少
女吾に寄り添う

考えのまとまらぬまま空白を見つめて時計がひ
とり急ぎぬ

衣装

オレンジのリボン揺れてるふわふわの黄色の衣装が吾の大作

徹夜して縫いし七着嫁に出す如くさみしく一着残る

緞帳が上がり観客の「可愛い」と言う声耳に優しく届く

ライト浴び踊る少女ら着飾りて堂々と立つ大きな舞台

かけっこはビリでもダンスは得意なの左右に揺れる子の長い髪

「大スキ！」を踊る七人四月にはそれぞれ別の小学校なり

テンションの高き師走を乗り切って今穏やかに新年来たり

うちのママは料理上手と信じてる五歳児専用冷凍ポテト

東京にいながら異国の雪景色一夜でスイスと化した公園

公園で雪あそびする子の声に誘われ外の寒さに勝てず

新鮮な白い景色も三日過ぎ四日過ぎれば太陽呼べり

今日もまた特別記すこともなく話にならない普
通のアリス

慎重派の子が「危ない」と連呼するオリンピッ
クも無事に終わりぬ

雪多き今年の冬も薄れ来て白から黄色にうつる
春の日

幼稚園慣れて楽しくもう四、五年通いたき子の
春の憂鬱

卒園後新舎となりて思い出を懐かしむ部屋子等にはあらず

ナイフ持つ少年達の住む世界友は少なく敵多いらし

花粉症対策マスクで宇宙人となりし人々街を行き交う

入学式

皆勤賞の色えんぴつで子が描きし幸せそうな吾
と子の顔

髪を結い卒園証書を受ける子のうなじにライト
当り艶めく

何時の間に大きくなって一人ずつ名前呼ばれて
今日に巣立ちぬ

六カケル三百六十五日の最初の一歩を今日に踏
み出す

平日の入学式にちちおやのすがたも多き少子化
傾向

上級生に守られ歩く一年生黄色い帽子がひよこ
の如し

そのうちに男の子から電話くる春が来るのか赤
いランドセル

皿洗う水の冷たさ心地よき季節となりて鼻歌う
たう

何もかもめんどう臭く雨の夜さなぎになって変身を待つ

石　橋

石橋を叩いて叩いて渡らない我が子見送る角まがるまで

雨が降り遠足流れて部屋の隅手持無沙汰のピンクの水筒

六年後の制服はやはりセーラーがいいなと思う
初夏の街角

人の目を気にせずホームでゴルフの素振り呑気
な夫のオジン現象

公園の脇にずらっとならびいる土、日名物迷惑
駐車

子を二人連れて釧路へ帰る友の勇気笑えず説教
したり

胃の痛い週を過ごして大量に百円玉を飲んだ胃
ぶくろ

梅雨空にド派手のアロハが歩みゆく見れば
私、夏を迎えに

パチンコ屋に入る勇気を持たぬまま幸か不幸か
大人になりぬ

大雨がみごとに止んで長い傘ステッキにして晴
れた街行く

ちょっといい夢より四角い現実へ戻され眺む目覚し時計

小学校の六年間の成長をあらわしてならぶ朝礼の列

銀行が危ないニュース耳にして消えそうになる吾の未来図

両腕を広げる程の蜘蛛の巣が雨の雫に濡れて光りぬ

水滴のひかる蜘蛛の巣堂々と主不在のうつくしき罠

皿洗い真面目にやれば食器棚に入り切らずに途方に暮れる

暑いんだか寒いんだかよく解らない優柔不断な七月の空

鼻たかく目元すずしき少年とわが子頬染め何か話しぬ

王子様の隣りで見劣りする姫に為すすべもなく
髪を梳かしぬ

遺伝子の優劣は吾のせいでなくお祖父ちゃんの
せいと子に言う

犯人逃走中

スイミング三日通ってクロールを会得する子の
夏の収穫

わが街にバタバタヘリコプターの来て犯人逃走中と告げおり

公園で上げる花火のおと聞こゆ別人次つぎ毎日聞こゆ

子と二人べったり過ごすひと月を終えてさみしい新学期なり

そう暑くない夏過ぎてまたひとつ年とる秋が吾に近づく

二千円の札付けられし作品が売れてうれしく寂しく楽し

デパートに二割を納め久々に専業主婦のささやかな収入

いらっしゃいませと笑顔で売り子して二日目の夜足が痛みぬ

日曜の予定が延びて火水とまだ降り止まぬ秋の長雨

三度目の延期が決まる運動会心掛け悪し生徒も親も

定番のカレーを食べる夜七時毒入りカレーニュース流るる

その本を読むと死にたくなるという少女二人の本屋の会話

下くちびる突き出し少し不満気な魚が泳ぐ水槽の中

透き通るクリオネ光を浴びながら袖振り泳ぐ小
さくはかなく
カラフルな深海魚の群同じ色同じ顔してどれが
誰だか
Gメンの登場の如くいっぱいに広がり歩む制服
の男女
目的地ひとつ手前で降ろされて車庫に向かいし
電車見送る

免許証の写真美人に出来上がりニヤニヤしなが
ら出る警察署

一時間アイロン掛けてご褒美のアイスクリーム
が喉に冷たし

祝七歳

横びろの三歳よりは縦長になりし少女の着物艶
めく

「この次は成人式」と声のして想像つかない二
十歳の吾が子

七五三終えて切ろうと約束の二本のおさげはさ
みを嫌う

誰もいない冬の公園午後五時に帰りなさいとチ
ャイムが鳴りぬ

四捨五入すれば四十になる吾にママさんバレー
の誘い舞い込む

血の気引き額すずしく暗闇に耳鳴りひびく貧血のとき

少し恐い映画を覗き後悔が来ると知りつつ続きが見たい

大阪に転勤になる妹の地図にひろがる見知らぬ地名

ボーナスは噂通りの減額で不景気直撃の我が家の家計簿

欲しかった着せ替え人形子には来て吾には来ないサンタクロース

熟睡の夫が「眠い」と寝言いう顔を覗いて少しつつきぬ

ナイーブなわが子の痛み引きずりて泣きたくなる様な寒い夕暮れ

黒髪にキラキラひかる銀色の白髪が一本苦労を呼べり

森の中むやみに草木かき分けて進み戻りて今日
に至りぬ

横顔

がっかりがふたつ重なり動けない尻を励ます電
気カーペット
横顔を机の上に乗せながら確かめている冷たい
感触

溜息の数だけ食後に飲んでいるミントの香りの
胃薬のビン

始まったばかりのわが子の人生をちょっと真面
目に考える午後

頬づえをついて悩んで考えるポーズのままに眠
りにつきぬ

スクリューの如き蕾が次々とゆるみ開きてシク
ラメン咲く

首細き白い蕾のシクラメン思春期迎えてピンク
に染まる

押入れに長く眠りし雛人形眠たい顔のままに出
で来ぬ

去年より痩せた男《お》雛《びな》の傍らに少し太って見える
女《め》雛《びな》は

赤い傘何処か行こうと玄関で大きな緑の傘を誘
いぬ

あたり前に一年生を過ごし来て二年に上がる春は楽しき

一週間休暇取得し家にいる夫はする事も無くて風邪ひく

何もせず寝て食べて寝る無気力な生活のなか桃の花咲く

電話

軽快なタンゴのリズム聞こえきて商店街にだんご屋ふえる

もうあまり会えないけれどサバサバと妹一家西へ引越す

十本の付け爪に描く風景画ネイルアートに暫しふけりて

食器棚の扉閉めずに振り向きてぶつけた額今日まだ痛む

徒歩五分の気楽さゆえか上履きのままでしばしば子は帰り来る

アスファルトに大粒の雨降り出して埃っぽい様な春の匂いす

暖かくなったら会おう約束の友よりそろそろ電話来るころ

人間に大事にされるシャム猫に次はなりたい生まれかわって

海の中自由気ままに泳ぎいるイルカもいいな次の世のわれ

スーパーでバナナ一房抱きながら初老の紳士レジに並びぬ

何事かと深夜に響くベル取れば間違い電話の声馴れ馴れし

清水坂の公園の空にはためいて泳ぐ鯉のぼり四十一匹

頑張ってもう少しだと自らを励まし今日も炊事
洗濯

暴走族

自転車の練習をする子の姿に重なる思い切ない
記憶
ヨタヨタがスイスイになり三日目に暴走族の如
く走りぬ

保守的なつもりなけれど男性を君《きみ》と呼ぶ勇気われにはあらず

そんな事どうでもいいと本を閉じ梅雨入り間近の街を歩きぬ

酒臭い夫が土産と差し出しぬ紫陽花の花の青清々し

雨雲

灰色の雨雲風に背を押されモゾモゾ動くビル群
の上
ひだりから右へと動く雨雲を一時間ほど眺めて
おりぬ
じめじめと雨降り茸が生えそうで掃除機かける
部屋の隅々

浴衣着て祭りに行きたい子の窓に大粒の雨音たてて降る

矢印を目で追いながら病院の迷路の如き廊下歩みぬ

夜が来て朝が来る当り前のことじっくり確認している今夜

くらやみと静寂のなか少しずつ朝日のぼりて始発電車行く

徹夜明け昨日の化粧を今日落としまた化粧して
電車に乗りぬ

ギリギリの期限に毎度ジタバタし追いつめられ
なきゃ出来ぬ性格

一睡もせずに絵を描く情熱を他に生かせと夫は
嘆きぬ

夏休み半分過ぎて水の事故伝えるニュース人ご
とで無く

銀行をやめるか否か運命の的は廻りて矢羽根を
待ちぬ

夫の告白

とりあえず天気良ければOKのいつもの朝が吾
にまた来る

母をまね専業主婦でいることを非難しており只
今の世は

何にでも噛みつきそうなホチキスが音たてている午前二時半

ハゲそうで早目に結婚したという目の前の夫の遅い告白

うしろ手に隠す空缶罪悪感手抜き料理にみな舌つづみ

警察の不祥事つづき交番の前をにらんであゆむ数日

菓子、玩具豊富にあれど幸せか解らぬ時代に子育てをせり

夏祭り

お祭りの日の近づきて一年前雨だったこと思い出しいる

縁日の出店を数え歩く道なつかしい人連れてくる道

公園の少年少女汗だくでノルマをこなす様に遊びぬ

マンションのベランダに浴衣はためいて幾つも見ゆる祭りの翌日

爆音と稲妻走る豪雨にも負けない様な柄の傘を買う

名残り惜し三度目のじゃあ又ねって言ってても終わらぬ井戸端会議

子育ては体や勉強だけじゃなく大変だねと子が
吾に言う

焼きもち

漱石の坊ちゃん人形時刻来てカラクリ時計の中
で踊りぬ

おてんばな松姫となり駆け上がる天守閣への狭
き階段

血や汗に染まりし鎧ずらりっと仲良く並ぶ敵も味方も

石手寺の三本の松葉珍しと子の手にのせる売店の女《ひと》

お寺よりデパートに行こう吾の手を握る風情の解らぬ少女

思うより田舎ではない松山の自慢を語るタクシードライバー

石手寺の焼きもち旨し温かき頬張れば四国一の
思い出

空海の大きな手形に吾の手を合わせて小さき自
らを知る

子規堂の古き机はパソコンも電卓も無く座布団
寄り添う

現象

今年のか去年のかもう判らないお祭りの写真整理する午後

「十歳の誕生日には本物を」宝石店で子が立ち止まる

子の好きなタイプをやっと理解して母と娘のうれしい関係

土曜日の晴れた校庭逃げ走りドッジボールの親
子対決

三日後の肩のいたみが何なのかわからぬ程の老
化現象

要求額

絶妙な手さばきで右に左にとティッシュを配る
ピアスの青年

サンシャイン通りの人込み縫い走るキックボードよ転んでしまえ

要求が高額となりもうそろそろサンタ不在を告げていい頃

疲れたと吾が言うたびに頑張れと子に言わせおり合の手のごと

夏ならば八時の暗さ五時に来て損した気分で家路急ぎぬ

おでん屋の屋台の白い湯気揺れてプライド高き
吾をくすぐる

あとがき

このたび第二歌集を出版することになりました。平成五年から平成十二年までの七年間の作品の中から五八〇首を選び、年代順に収載しました。「鮒」創刊より日記代りに短歌を書き始めましたが、三十周年となる記念の年に歌集を出版できることを大変うれしく思います。

第一歌集『ひとり手を振る』では、電気機器メーカーで役員秘書として働いていた独身時代から、結婚、退職、妊娠、出産と変化に富んだ日常でした。本集は一転してどっぷりと平穏に浸り、ただ子育てをしていた三十代の作品です。改めて読み返すと幼く拙い歌ばかりですが、素直に飾ること無く、その時々をこころのままに歌にしました。二十代だった一集からは少し大人になりました。歌の進歩はあまり感じられませんが、継続することに意義があると信じて、これまで書き続けてきました。

集名を『象を飼う家』としました。マイホームへの夢を抱き、銀行の社宅より脱出した一連の歌の中からこの言葉をひろいました。専業主婦として何不自由なく過ごす日々に感謝しつつも、平凡を嫌っていた私の精一杯の抵抗として、思い切ったタイトルを選びました。

あれから時が過ぎ、幼かった娘は大学生になり、私もすでに中年となりました。今回、歌集をまとめるにあたり読み返し、幼稚園のママ友と飲みに行ったり、旅行をしたことなどを懐かしく思い出しました。構えることなく身の回りの出来事を歌にしてきましたが、これからも見慣れた景色の中から、自分なりの感動を歌にできたらと思っております。

私は創刊初期からすぐれた先輩や友人にめぐまれてきました。関場瞳さんをはじめ、林三重子さん、平石一さんなど「鮒」の会員の方々にはいつも大変お世話になっております。徳島、佐渡、松山などの大会にも参加させていただきました。校正は根岸雅子さん、甲野順子さんにお願いしました。また、よく働く夫と、よく笑う娘にもいつも励まされております。

最後になりましたが歌集の上梓にあたり、短歌研究社の堀山和子様、菊池洋美様に格別のご厚意に与りました。心より御礼申し上げます。

平成二十八年一月吉日

大崎安代

検印
省略

鮒叢書第95篇

平成二十八年四月十五日　印刷発行

歌集
象《ぞう》を飼《か》う家《いえ》

定価　本体二五〇〇円（税別）

著　者　大《おお》崎《さき》安《やす》代《よ》
郵便番号一一四-〇〇三一
東京都北区十条仲原
四-一-一-七一〇　高橋方

発行者　堀山和子
発行所　短歌研究社
郵便番号一一二-〇〇一三
東京都文京区音羽一-十七-十四　音羽YKビル
電話〇三（三九四四）四八二二・四八三三
振替〇〇一九〇-九-二四三七五番
印刷者　豊国印刷
製本者　牧製本

ISBN 978-4-86272-481-6 C0092 ¥2500E